Zu alt für Quatsch?

Das Alter spinnt.

by MaKreWe

Ein kurzer Hinweis vorab

Dieses Buch hat kein Inhaltsverzeichnis. Nicht aus Nachlässigkeit, sondern aus Überzeugung.

Ein Inhaltsverzeichnis suggeriert Ordnung, Reihenfolge und die leise Hoffnung, dass man das Wichtigste zuerst liest und den Rest später.

Dieses Buch funktioniert anders. Es möchte nicht abgearbeitet werden, sondern aufgeschlagen.

Du kannst vorne beginnen, mitten drin oder bei der Seite, die zufällig aufspringt, weil Bücher manchmal besser wissen, was gerade passt.

Falls du kurz irritiert bist: perfekt.

Irritation ist ein sehr unterschätztes Trainingsprogramm – gerade im Alter.

Dieses Buch ist kein Wegweiser. Es ist eher ein Spaziergang ohne festgelegte Route. Man kommt auch an, nur anders.

Und falls du zwischendurch denkst:

„Das ist ja ungewohnt" – dann machst du alles richtig.

Vorwort

Irgendwann tauchen sie auf, diese Sätze:

„Dafür bist du doch zu alt.“

„Das gehört sich jetzt so.“

„Das macht man in dem Alter nicht mehr.“

Interessant ist weniger, wer das sagt. Spannender ist, wie schnell du anfängst, es selbst zu glauben.

Dieses Buch sammelt genau solche Momente.

Nicht um sie zu bewerten, sondern um sie kurz hochzuheben, zu drehen, zu wenden – und zu prüfen, ob sie wirklich so schwer sind, wie sie sich geben.

Hier geht es nicht um Anstand, Ratschläge oder gute Haltung.

Es geht um Quatsch, der überraschend viel Wahrheit enthält, und um Wahrheiten, die man besser aushält, wenn man über sie lachen kann.

Manches hier kommt dir bekannt vor.

Manches kratzt ein bisschen.

Manches denkst du lieber nicht zu Ende – was
praktisch ist, denn genau das musst du hier auch
nicht.

Dieses Buch nimmt das Älterwerden nicht ernst.

Aber es nimmt dich ernst.

Und falls irgendwo in deinem Hinterkopf noch
die Frage herumgeistert, ob du zu alt für
Quatsch bist:

Lies ruhig weiter.

Das Alter ist sich da selbst nicht so sicher.

Allen Eltern dieser
Welt.

Man wächst
miteinander.

Verpeiltheit ist alterslos

Verpeiltheit ist kein Symptom. Sie ist ein Nebenprodukt davon, dass man denkt, fühlt und lebt – manchmal alles gleichzeitig.

Sie trifft Junge,

sie trifft Alte.

Und sie trifft meistens dann, wenn man gerade sicher war, dass alles läuft.

Schlüssel, wo bist du?

Ich stehe vor der Tür und suche meinen Schlüssel.

In der Tasche.

In der anderen Tasche.

Nochmal in der ersten Tasche, weil man ja manchmal … weiß ja nicht.

Ich gehe gedanklich durch, wo ich gerade war: Küche. Wohnzimmer. Bad. Ich bin kurz davor, wieder reinzugehen, um ihn zu suchen.

Bis mir auffällt:

Die Tür ist offen.

Und der Schlüssel steckt im Schloss. Außen. Die ganze Zeit.

Man steht dann kurz da und schaut diesen Schlüssel an, als hätte er sich heimlich selbst dort reingesteckt, nur um mich zu testen. In diesem Moment könnte man anfangen, sich Sorgen zu machen. Oder man entscheidet sich für die gesündere Variante.

Man lacht, schüttelt den Kopf und denkt:

„Ah. Wieder so ein Menschmoment.“

Das ist kein Alterszeichen.

Das ist kein Beweis für irgendwas.

Das ist einfach das Leben, wenn der Kopf kurz woanders war.

Und ganz ehrlich:

Solange man den Schlüssel wenigstens noch wiederfindet, ist eigentlich alles in Ordnung.

Schlüssel

Man sucht den Schlüssel sehr gründlich, während er im Schloss steckt.

Menschsein – ganz ohne Altersangabe.

Wo ist meine verfluchte Brille?

Ich erinnere mich noch gut an ein Flugplatzfest.

Sommerabend, draußen, Musik, ein bisschen Alkohol – nichts Wildes. Nur so viel, dass die Welt leicht weichgezeichnet war.

Irgendwann wurde es dunkel. Und plötzlich war meine Sonnenbrille weg.

Ich suchte sie wirklich überall: an den Tischen, an der Bar, auf dem Boden, da, wo ich vorher gestanden hatte.

Ich ging die Orte ab wie bei einer kleinen polizeilichen Ermittlung. Sehr ernsthaft. Sehr engagiert.

Bis irgendwann jemand zu mir sagte:

„Ähm … die sitzt auf deinem Kopf."

Und da war sie. Die ganze Zeit. Direkt über mir.

Was sagt uns das?

Dass man dafür nicht alt sein muss.

Verwirrtheit trifft einen auch in jüngeren Jahren.

Man braucht dafür keine Falten, keine Diagnose und keine besondere Lebensphase.

Ein bisschen Müdigkeit, ein bisschen Ablenkung – und zack.

Seitdem sehe ich die Sache mit der Brille entspannter. Wenn sie heute auf meinem Kopf sitzt und ich sie suche, denke ich nicht mehr: „Oh je." Sondern: „Ah. Klassiker."

Nicht alles ist Alter.

Vieles ist einfach Mensch.

Klassiker

Man sucht etwas sehr intensiv, während man es die ganze Zeit auf dem Kopf trägt.

Nicht alles ist Alter.

Vieles ist einfach Mensch.

Ich wollte nur kurz…

Ich wollte nur kurz etwas erledigen.

Nur kurz. Zwei Minuten. Maximal drei.

Ich weiß nicht genau, was dann passiert ist, aber plötzlich war ich in einem anderen Raum, mit einem anderen Gedanken – und hatte keine Ahnung mehr, was der ursprüngliche Plan war.

Ich stand einfach da und dachte:

„Okay … irgendwas war."

Das ist der Moment, in dem man früher nervös wurde. Heute denkt man eher:

„Ah. Da bist du ja wieder. Willkommen."

Man bleibt kurz stehen, atmet und wartet, ob der Gedanke von allein zurückkommt.

Manchmal tut er das.

Manchmal nicht.

Und beides ist erstaunlich okay.

Denn ganz ehrlich:

Wenn das größte Problem des Tages ist, dass man sich selbst kurz verloren hat, dann ist man eigentlich ziemlich gut unterwegs.

Kurz weg

Man geht in einen Raum und weiß nicht mehr, warum.

Passiert.

Weiterleben.

Erinner mich dran ... wenn du dich erinnerst.

Er: „Falls ich morgen Abend meine Sachen fürs Geschäft richte und meinen Geldbeutel suche – der ist schon im Rucksack. Erinnerst du mich bitte daran?“

Ich schaue ihn an. Er schaut mich an. In diesem Blick liegt eine stille Hoffnung ... und sehr wenig Realismus.

Ich: „Klar. Wenn ich dran denke.“

Er nickt erleichtert.

Ich – nachschiebend, weil Wahrheit nun mal raus will:

„Oder wenn ich mich erinnern kann.“

Dann mussten wir beide lachen. So richtig.

Weil das die ehrlichste Form von Teamwork ist, die wir im Moment anbieten können:

zwei Menschen, die sich gegenseitig erinnern wollen – und dabei beide hoffen, dass der Rucksack eine Art Gedächtnis eingebaut hat.

Am Ende haben wir uns darauf geeinigt:

Der Geldbeutel ist im Rucksack.

Und der Rest ist … Vertrauen.

Erinnerung

Gedächtnis in Teamarbeit.

Ergebnis offen.

Wenn das Gehirn vorausgaloppiert

Mein Mann wollte mir neulich etwas erklären.

Ein ganz normales Wort. Nichts Dramatisches.

Er setzt an, sagt es – stolpert.

Zweiter Versuch. Noch kreativer.

Dritter Versuch. Jetzt fast schon eine eigene Wortschöpfung.

Ich schaue ihn an, helfe ihm auf die Sprünge – und er lacht. Dieses ehrliche, ungekünstelte Lachen, wenn man merkt: Das Gehirn war schneller als die Zunge.

Und plötzlich war da dieser Satz in meinem Kopf:

Was, wenn das Gehirn vorausgaloppiert und das Sprachzentrum nicht hinterherkommt?

Eigentlich passiert genau das ständig.

Gedanken sind schnell. Sie sind Bilder, Impulse, Verknüpfungen.

Sprache dagegen ist linear – Wort für Wort, Silbe für Silbe. Sie muss sortieren, auswählen, strukturieren.

Das Gehirn rennt schon über die Ziellinie, während die Zunge noch die Schuhe bindet.

Und weißt du, was daran schön ist? Dass wir lachen können.

Früher hätten wir uns vielleicht korrigiert, geschämt, erklärt.

Heute reicht ein Blick und ein Grinsen.

Reife zeigt sich manchmal genau da:

nicht im fehlerfreien Sprechen, sondern im entspannten Stolpern.

Vielleicht ist das der wahre Fortschritt im Alter. Nicht, dass alles glatt läuft, sondern dass wir nicht mehr alles glattziehen müssen.

Wenn Gedanken galoppieren und Worte hinterherhecheln, ist das kein Defekt.

Es ist Lebendigkeit.

Und solange wir darüber lachen können, sind wir ganz sicher nicht zu alt für Quatsch.

Tempo

Gedanken im Galopp.

Alltag im Schritttempo.

Der falsche Knopf

Es gibt diese Momente, da ist alles vorbereitet.

Du hast mitgedacht, warst vorausschauend, hast gelernt.

Die Kaffeemaschine zum Beispiel. Du schaltest sie ein, damit sie aufheizt. Ganz bewusst. So wie immer.

Fünf Minuten später kommst du zurück, freust dich innerlich schon auf den ersten Schluck – drückst auf den Knopf und ... schaltest sie aus.

Nicht, weil du nicht weißt, wie sie funktioniert. Nicht, weil du sie zum ersten Mal benutzt. Sondern weil dein Finger kurz dachte:

Das wird schon der richtige Knopf sein.

Mission: Kaffee.

Ergebnis: Stille.

Und während du da stehst und die Maschine dich anblickt wie ein enttäuschtes Haushaltsgerät, läuft im Kopf sofort das große Programm an:

„Werde ich alt?"

„Bin ich unkonzentriert?"

„Ist mein Gehirn heute im Energiesparmodus?“

Dabei ist die Wahrheit viel unspektakulärer – und viel freundlicher:

Das Know-how ist da. Aber Können in Dauerschleife bedeutet nicht Perfektion in der Anwendung.

Man kann etwas tausendmal gemacht haben und beim tausendundersten Mal trotzdem auf den falschen Knopf drücken.

Das ist kein Verfall. Das ist Menschsein.

Erfahrung schützt nicht vor Verpeiltheit.

Sie sorgt nur dafür, dass man schneller wieder lacht, statt sich selbst zu beschimpfen.

Und vielleicht ist genau das der eigentliche Fortschritt im Älterwerden:

nicht, dass weniger Fehler passieren, sondern dass man sie nicht mehr persönlich nimmt.

Du bist nicht gescheitert.

Du hast nur kurz Reset gedrückt.

Die Maschine heizt halt nochmal auf. Der Kaffee kommt trotzdem. Und das Leben übrigens auch.

Vielleicht nicht immer auf Knopfdruck. Aber zuverlässig genug, um milde zu bleiben.

Und ganz ehrlich:

Wenn der größte Schaden des Tages ein verzögerter Kaffee ist, dann läuft's eigentlich ganz gut.

Der falsche Knopf

Du hast die Kaffeemaschine vor fünf Minuten eingeschaltet, damit sie aufheizt.

Dann willst du Kaffee zapfen – und drückst versehentlich auf „Aus".

Das Know-how ist da.

Aber Können in Dauerschleife bedeutet nicht Perfektion in der Anwendung.

Roboter schlagen (mit verbundenen Augen)

Es gibt diese Aufgaben im Internet, die klingen, als wäre man plötzlich in einem schlechten Actionfilm gelandet.

„Beweisen Sie, dass Sie kein Roboter sind."

Oder noch besser:

„Schlagen Sie den Roboter."

Und du sitzt da, willst einfach nur kurz irgendwo einloggen, eine Bestellung abschicken oder eine Datei öffnen – und plötzlich wirst du zum Gladiator in der Arena der Pixel.

Was heißt „Roboter schlagen" überhaupt?

Gemeint ist nicht, dass du deinem Laptop eine Ohrfeige gibst (auch wenn es manchmal verlockend ist). Gemeint ist dieses Sicherheitsding:

Du musst zeigen, dass du ein Mensch bist.

Meistens passiert das über Bilder.

Du sollst zum Beispiel ein Bild drehen, bis es „richtig" ist.

Oder anklicken, wo Ampeln sind.

Oder Fahrräder.

Oder Zebrastreifen.

Oder irgendwas, das vermutlich mal eine Ampel gewesen sein könnte, bevor es zu acht verschwommenen Würfeln zerlegt wurde.

Du sollst also eine Aufgabe lösen, bei der das System hofft:

„Ein Mensch erkennt das. Ein Roboter nicht."

Und genau da beginnt die Komödie.

Warum wurde das eingeführt?

Weil das Internet leider nicht nur aus Menschen besteht, die Kuchenrezepte googeln und Katzenvideos teilen. Es gibt auch Programme (Bots), die Webseiten automatisiert missbrauchen:

Spam verschicken, Accounts knacken, Tickets aufkaufen, Kommentare fluten, Formulare bombardieren.

CAPTCHA – so heißt dieses Zeug – ist im Kern ein Türsteher. Nur leider einer, der dir manchmal die falsche Personenkontrolle macht.

Das Problem:

Der Türsteher trägt nachts eine Sonnenbrille.

Bei meiner „Roboter schlagen"-Mission sollte ich ein rechtes Bild so ausrichten wie das linke. Klingt simpel.

Problem:

Ich konnte nicht mal erkennen, was das darstellen sollte. Ich habe gedreht, geschoben, angepasst – und bin gnadenlos ein paar Mal durchgerasselt.

Mission failed. Roboter ungeschlagen.

Und während ich da sitze und schwöre, dass ich seit vielen Jahren ein biologischer Mensch bin, läuft im Kopf sofort die Diagnostik-Kaskade:

Entweder ist mein Hirn Matsch.

Oder ich muss zum Augenarzt.

Oder ich krieg Schleudertrauma vom Kopfschütteln.

Dabei ist die Wahrheit oft viel einfacher:

Das System ist nicht schwierig, weil ich dumm bin. Es ist schwierig, weil es schlecht gemacht ist.

Ein Klassiker ist die Aufgabe:

„Wählen Sie alle Bilder aus, auf denen eine
Ampel zu sehen ist."

Hmmm.

Ist das da eine Ampel? Oder ein Laternenmast?
Oder die Ecke eines Verkehrsschilds? Oder ein
Ampel-Schatten? Oder ein künstlerischer
Kommentar zur modernen Verkehrsethik?

Manches ist wirklich Ansichtssache. Und genau
deshalb ist es absurd, daraus eine „Beweise
deine Menschlichkeit"-Prüfung zu machen.

Denn was passiert hier eigentlich?

Du sollst beweisen, dass du ein Mensch bist,
indem du eine Aufgabe löst, bei der du dich
fühlst wie ein Mensch, der gerade an sich
zweifelt.

Das ist fast schon poetisch. Wie sich das System
selbst entlarvt.

Der Witz ist:

Diese Aufgaben sind ursprünglich dafür da,
Roboter auszuschließen. Aber je mehr Roboter
lernen, desto komplizierter werden die
Aufgaben.

Und wer leidet?

Nicht die Roboter. Die Menschen.

Das Ganze wird zum Wettrüsten, bei dem wir die Kollateralschäden sind. Und irgendwann ist der Moment erreicht, wo du denkst:

„Wenn ich jetzt scheitere, bin ich dann offiziell ein Toaster?“

Und irgendwo lacht eine Maschine leise.

Die einzig gesunde Reaktion?

Kopfschütteln. Kurz fluchen. Und dann milde über sich selbst lachen.

Denn du bist nicht weniger, nur weil du eine Ampel nicht eindeutig von einem Pixelhaufen unterscheiden kannst. Du bist einfach … normal.

Und ganz ehrlich:

Wenn „Roboter schlagen“ bedeutet, dass ich mich auf verschwommene Ampel-Quadrate konzentriere, bis ich an meiner Existenz zweifle – dann hat der Roboter vielleicht schon gewonnen.

Nicht, weil er klüger ist, sondern weil er mich in fünf Minuten so genervt hat, dass ich freiwillig auslogge.

Mensch-Test nicht bestanden

Ich habe den Roboter nicht geschlagen.

Nicht aus Dummheit, sondern aus Orientierungslosigkeit.

Und ja:

Schleudertrauma vom Kopfschütteln ist hier absolut indiziert.

Willkommen im Club der Menschen, die an Robotern scheitern und trotzdem völlig zurechnungsfähig sind.

Steinzeitmenschen mit WLAN

Meine Freundin und ich haben kürzlich erfahren, dass wir alt sind.

54 und 55. Also quasi kurz vor der Fossil-Ausstellung.

Die Information kam von unseren Kids – so zwischen 22 und 28. Also von Erwachsenen mit Haut wie Filter und Gedächtnis wie ein WLAN-Passwort, das man selbst vergeben hat.

Der Blick sagte alles:

„Wow. Du hast bestimmt noch ohne Streaming gelebt."

Ja. Und wir haben auch ohne GPS nach Hause gefunden. Ohne Tutorials überlebt. Und ohne Influencer existiert.

Früher dachte ich mit 20:

Mit 50 trägt man beige.

Heute weiß ich:

Mit 50 trägt man, was man will – und hat genug Selbstbewusstsein, um es nicht zu diskutieren.

Die Jungen glauben ja, wir seien aus einer anderen Epoche. Stimmt. Wir stammen aus der Zeit, in der Menschen noch angerufen haben, statt 17 Sprachnachrichten zu schicken.

Wir sind die Generation, die weiß,

– wie man einen Brief schreibt,

– wie man ein Gespräch führt

– und wie man ein Problem direkt anspricht.

Steinzeit? Nein. Premium-Upgrade mit Erfahrung.

Und das Beste:

Innen fühlt sich nichts nach 55 an. Innen ist es immer noch:

„Wer hat den Quatsch erfunden?“

Der eigentliche Perspektivfehler liegt nämlich woanders:

Mit 25 denkt man, man sei jung. Mit 55 weiß man, dass man lebendig ist.

Das ist ein Unterschied.

Und wenn uns nochmal jemand als „alt“ einordnet, lächle ich nur und denke:

„Mein Schatz, ich war schon cool, als du noch im Ladebalken warst.“

Update

Und während wir also angeblich aus der Steinzeit stammen, stehen wir am nächsten Tag wieder vor dem Bildschirm und diskutieren mit einem System, das jünger ist als unsere Jogginghose – aber mindestens genauso stur.

Der Gedankenstrich – oder warum alles unnötig kompliziert ist

Manchmal will man einfach nur einen Strich machen. Einen ganz normalen Gedankenstrich.

Nicht philosophisch. Nicht symbolisch. Einfach einen Strich, der sagt:

Hier kommt noch was.

Und plötzlich befindet man sich mitten in einem Ritual.

Bindestrich, Leerzeichen, Leerzeichen, Return. Oder zwei Bindestriche. Oder Alt + irgendwas. Oder nochmal Return, falls es vorher nicht ernst genug gemeint war.

Der Gedankenstrich erscheint nicht, wenn du ihn brauchst, sondern erst, wenn das System entschieden hat, dass du ihn wirklich willst.

Und während man das ausprobiert, denkt man kurz:

„Moment ... das ist doch nicht mein erstes Dokument.“

Man schreibt seit Jahren.

Jahrzehnten.

Das Know-how ist da.

Und trotzdem sitzt man da und verhandelt mit einem Textverarbeitungsprogramm über einen Strich.

Das ist der Punkt, an dem man langsam versteht:

Nicht alles, was schwierig ist, ist tief. Manches ist einfach unnötig kompliziert.

Das zieht sich durch erstaunlich viele Bereiche des modernen Lebens.

Man braucht ein Passwort, um ein Passwort zu ändern.

Man muss bestätigen, dass man kein Roboter ist, indem man Bilder anklickt, die aussehen wie moderne Kunst.

Und man soll Dinge „einfach bedienen", die vorher ein Einführungsseminar verlangen.

Es ist nicht so, dass wir dümmer geworden sind.

Die Welt ist einfach ... voller Ebenen.

Ebenen über Ebenen.

Optionen, Unteroptionen, Einstellungen für die Einstellungen.

Und irgendwo dazwischen sitzt ein Mensch und denkt:

„Ich wollte doch nur kurz was machen."

Der Gedankenstrich ist dafür ein wunderbares Symbol. Er ist kein Problem an sich. Er ist nur ein Zeichen dafür, dass Systeme manchmal vergessen, für wen sie eigentlich da sind.

Und dann kommt dieser kleine, befreiende Moment:

Man hört auf, sich selbst infrage zu stellen, und fängt an, das System freundlich zu verdächtigen.

Nicht ärgerlich.

Nicht verbittert.

Eher mit einem milden Kopfschütteln und dem Gedanken:

„Okay. Dann eben so."

Vielleicht ist das eine der stillen Kompetenzen, die mit den Jahren wachsen:

Man muss nicht alles verstehen.

Man muss nicht alles richtig machen.

Man darf auch einfach feststellen, dass manches unnötig aufgeblasen ist – und innerlich den Gedankenstrich setzen.

Nicht perfekt.

Aber passend.

Systemfehler

Wenn etwas zehn Schritte braucht, um einen Strich zu machen, liegt das selten an dir.

Meist am System.

Passwort fürs Passwort

Man will nur kurz ein Passwort ändern.

Nichts Wildes. Einmal schnell sicherer machen, dann weiter im Leben.

Und dann kommt der erste Schritt:

„Bitte geben Sie Ihr aktuelles Passwort ein."

Okay. Fair.

Dann der zweite Schritt:

„Bitte geben Sie ein neues Passwort ein."

Auch okay.

Dann der dritte Schritt:

„Bitte wiederholen Sie das neue Passwort."

Natürlich.

Und dann – als wäre es der finale Bosskampf – kommt irgendwo noch sowas wie:

„Bitte bestätigen Sie Ihre Identität."

Mit einem Code, der per Mail kommt.

Oder per SMS.

Oder per App.

Oder per Rauchzeichen, je nach Tagesform des Systems.

Und während du das alles machst, denkst du irgendwann:

Ich brauche ein Passwort, um ein Passwort zu ändern.

Und ich brauche gefühlt noch drei weitere Passwörter, um zu beweisen, dass ich ich bin.

Das Know-how ist da. Ich verstehe ja sogar, warum es das gibt.

Aber manchmal fühlt es sich trotzdem an, als hätte man die Haustür extra sicher gemacht, indem man davor noch eine zweite Haustür gebaut hat. Und davor ein Tor. Und davor einen Zaun. Und den Schlüssel dafür hat man natürlich … als Passwort gespeichert.

Am Ende klappt es dann meistens. Irgendwann. Nach sieben Klicks, zwei Codes und einer leichten Identitätskrise.

Und man ist nicht erleichtert. Man ist einfach nur … durch.

Das Passwort ist geändert.

Die Seele auch ein bisschen.

Existenzbeweis

Man will ein Passwort ändern und landet in einem Beweisverfahren über die eigene Existenz.

Man muss beweisen, dass man sich beweisen kann, um sich beweisen zu dürfen.

Schleudertrauma vom Kopfschütteln

DIN-Norm für gesunden Sarkasmus

Schleudertrauma vom Kopfschütteln ist übrigens keine Einbildung. In Deutschland gäb's dafür längst eine Verordnung:

Kopfschütteltrauma (KST) – meldepflichtig ab Schüttelfrequenz 3 Hz.

Bitte Formular KST-12a ausfüllen und eine Bescheinigung über die ordnungsgemäße Schütteltechnik beilegen.

Optional: Nachweis, dass man nicht nur aus Prinzip schüttelt, sondern aus echter Verzweiflung.

Du brauchst keinen Chiropraktiker.

Du brauchst nur das pure Leben.

Wenn die Rübe die Tanzfläche bekommt

Man sitzt am Computer und will eigentlich nur kurz was nachschauen.

Nichts Wildes. Keine Raketenstarts. Keine Weltrettung.

Und dann passiert's:

Ein Fenster springt auf. Groß. Rot. Dringend. Mit Ausrufezeichen, die aussehen, als hätten sie Kaffee intravenös bekommen.

„SOFORT HANDELN!"

„IHR COMPUTER IST GEFÄHRDET!"

„RUFEN SIE JETZT AN!"

Und irgendwo steht eine Nummer, die klingt, als hätte sie gerade noch Zeit, bevor das Internet explodiert.

In dem Moment übernimmt die Rübe.

Nicht die ruhige, erwachsene Rübe.

Die andere. Die mit Panikmodus und Akrobatiklizenz.

Gedanken machen Saltos:

Was wenn …?

Wie schlimm …?

Ich muss …!

Und während der Kopf tanzt, meldet sich der Bauch ganz leise:

„Das fühlt sich komisch an.“

Der Bauch sagt so was selten aus Spaß.

Man klickt trotzdem fast. Weil „fast“ in solchen Momenten erstaunlich schnell ist.

Und dann kommt dieser eine Augenblick, in dem man innehält – nicht weil man schon alles verstanden hat, sondern weil man merkt: Wenn etwas so dringend schreit, will es meistens nicht helfen. Es will dich nur schnell machen.

Also Pause.

Atmen.

Und bevor die Rübe den nächsten Salto ansetzt, holt man sich Rat.

Von einem Menschen.

Nicht von einem blinkenden Fenster mit Temperamentsproblemen.

Panikknopf

*Wenn Panik Tempo macht, ist
Pause kein Zeitverlust.*

Erst logisch prüfen.

Dann den Bauch hören.

*Und bevor die Rübe die
Tanzfläche übernimmt:*

jemanden fragen.

Ich bin's. Brauche kurz Geld.

Man bekommt eine Nachricht, die so tut, als wäre sie Familie.

Kurz, knapp, dringend:

„Ich hab ein Problem. Ich kann gerade nicht telefonieren. Kannst du mir schnell Geld schicken?"

Und da ist er wieder:

der innere Alarm.

Denn Familie + Not + Tempo = Rübe springt auf die Tanzfläche.

Das Gemeine daran:

Es klingt genau so, wie man helfen würde. Sofort. Ohne Fragen. Ohne Umwege.

Nur:

Helfen ist gut.

Schnell sein ist der Lieblingszustand von Betrügern.

Also macht man etwas total Unromantisches:

Man fragt nach.

Man ruft an.

Und zwar nicht über die Nummer aus der Nachricht, sondern über die, die man schon immer hat.

Wenn es echt ist, ist niemand beleidigt.

Wenn es nicht echt ist, ist jemand plötzlich sehr still.

Bist du echt?

Wenn's dringend ist, erst prüfen.

Echte Angehörige bleiben echt – auch nach einem Rückruf.

Geben Sie Ihr Vermögen der Polizei.

Dann gibt's noch die andere Variante:

Fremde melden sich und klingen offiziell.

Haus gefährdet.

Einbruchserie.

Wertsachen in Sicherheit bringen.

Und plötzlich steht irgendwo „Polizei" im Satz, als wäre das ein Freifahrtschein.

Auch hier:

Tempo.

Druck.

Angst.

Und wieder versucht die Rübe, schneller zu sein als die Logik.

Die einfache Gegenbewegung ist wieder unsexy, aber effektiv:

Auflegen.

Durchatmen.

Und selbst die Polizei anrufen – über eine offiziell bekannte Nummer (nicht die, die dir gerade jemand ansagt).

Betrüger hassen es, wenn du den Kanal wechselst.

Echte Polizei übrigens nicht.

Achtung Polizei

Offiziell klingt nicht automatisch echt.

Echt hält einen Rückruf aus.

Panik

*Wenn Angst Tempo macht, ist
Pause ein Schutz.*

Erst prüfen.

Dann handeln.

*Und wenn jemand
Dringlichkeit verkauft:*

*Rückruf über eine bekannte
Nummer.*

Das System

Man erklärt ein Problem.

Ruhig. Sachlich. Freundlich.

Das Gegenüber hört zu, nickt verständnisvoll und sagt dann den Satz, der alles beendet:

„Das lässt das System leider nicht zu."

Das System.

Kein Name.

Kein Gesicht.

Keine Rückfragen.

Man nickt automatisch mit.

Nicht, weil man verstanden hätte, was genau das System dagegen hat, sondern weil „System" so endgültig klingt. Fast wie Naturgesetz.

Erst später – meist zuhause, ohne Publikum – kommt der Gedanke:

Welches System eigentlich?

Und warum entscheidet es immer dann, wenn niemand sonst Lust hat?

System

*Nicht alles, was „System"
heißt, denkt für dich.*

*Manches verhindert nur
Rückfragen.*

Autorität durch Technik & Institutionen

Nicht Betrug an sich, sondern der automatische Gehorsam, sobald etwas klingt wie:

Technik

Behörde

Bank

Arzt

Amt

Support

„Das System"

Was hier passiert – leise, aber entscheidend:

Die Rübe tanzt nicht nur wegen Angst.

Sie tanzt, weil wir gelernt haben:

„Die wissen es besser als ich."

Und genau das hebelt Bauch und Logik gleichzeitig aus.

Beispiele, die viele kennen, aber selten benennen:

„Das System erlaubt das nicht.“ → Aha. Dann
halt nicht.

„Da müssen Sie jetzt durch.“ → Okay.

„Das ist technisch notwendig.“ → Verstehe ich
zwar nicht, aber gut.

„Das ist Vorschrift.“ → Dann hab ich wohl Pech.

Das ist kein Betrug, sondern abgegebenes
Denken.

Autorität

Nicht alles, was offiziell klingt,
ist unfehlbar.

Oft tanzen wir nicht aus
Angst, sondern aus
Gewohnheit.

„Die wissen es besser" ersetzt
schneller den eigenen
Gedanken, als uns lieb ist.

Wenn „wir" plötzlich unsterblich werden

Es ist interessant, wie großzügig das Wort „wir" verwendet wird, sobald es um Sensationen geht.

„Wir stehen kurz vor der Unsterblichkeit."

„Unsere Generation wird das Altern besiegen."

„Wir erleben einen medizinischen Durchbruch."

Dieses „wir" klingt herrlich demokratisch. Fast wie Freibier für alle.

Nur leider ist Zukunft kein All-inclusive-Buffet.

Nicht jeder hat dieselben Gene.

Nicht jeder hat denselben Kontostand.

Nicht jeder lebt stressfrei mit Bio-Gemüse und Personal Trainer.

Nicht jeder kann sich experimentelle Therapien leisten, die noch nicht einmal offiziell Standard sind.

Wenn in einer Studie ein Teilnehmer biologisch jünger wird, dann ist das spannend. Aber es ist kein Gruppenticket ins ewige Leben.

Das Fernsehen liebt das große Wort.

Die Realität liebt die Fußnote.

Vielleicht werden manche Menschen sehr alt und bleiben erstaunlich fit. Das wäre großartig.

Vielleicht entwickelt sich Medizin weiter, schneller als wir denken.

Aber bevor „wir" unsterblich werden, sollten wir vielleicht klären, wer genau dieses „wir" ist.

Der Marathonläufer mit Privatversicherung?

Die Schichtarbeiterin mit drei Jobs?

Der Rentner mit chronischen Vorerkrankungen?

Die Managerin mit Dauerstress?

Altern ist nicht nur Biologie. Es ist auch Lebensrealität.

Und vielleicht liegt die eigentliche Revolution nicht darin, 150 zu werden. Sondern darin, dass möglichst viele mit 75 noch schmerzfrei lachen können.

Unsterblichkeit klingt spektakulär.

Gleichwürdige Gesundheit für viele klingt weniger glamourös. Aber deutlich sinnvoller.

Und bis dahin gilt:

Wenn jemand im Fernsehen „wir" sagt, darf man freundlich zurückfragen, wen er alles eingeladen hat.

Das ist kein Zynismus.

Das ist nur ein kleines, gut gepflegtes Fragezeichen.

Experten

*Nicht alles, was einen Titel
trägt, trägt auch Gewissheit.*

*Manches verhindert nur die
nächste Frage.*

*Nicht alles, was erklärt wird,
ist entschieden.*

*Manches ist einfach laut
genug, um wie Wahrheit zu
wirken.*

Drei Euro für den Klogang

Irgendwann kommen im Leben Gespräche auf den Tisch, die früher nie auf dem Tisch gelegen hätten. Zum Beispiel Verdauung.

Der Vater um die 85 kämpft mit hartnäckiger Verstopfung. Apotheke rauf, Apotheke runter. Pulver, Beutel, Hoffnungen.

Auf dem Tisch liegt eine Packung mit Beuteln zum Auflösen. Die Mutter grinst und sagt:

„Ein Beutel kostet einen Euro. Er müsste eigentlich drei nehmen – weniger bringt nichts, hat er schon versucht.“

Kurze Pause. Dann der Satz:

„Drei Euro für einen Klogang.“

Und bevor irgendwer noch würdevoll nicken kann, ist das Fazit raus:

„Da verscheißt du regelrecht dein Geld.“

Erst verdutzte Blicke, dann allgemeines Gelächter.

Und genau das ist der Moment, in dem man merkt:

Alter nimmt einem vielleicht die Kontrolle über den Darm.

Aber nicht zwingend den Humor.

Es wird über Dinge gesprochen, über die man früher geschwiegen hat. Nicht aus Respektlosigkeit, sondern aus Erfahrung.

Der Körper macht, was er will.

Das Geld geht dahin, wo es muss.

Und wenn man darüber lachen kann, ist schon viel gewonnen.

Denn ganz ehrlich:

Wenn man über seine Verdauung lachen kann, hat das Leben einen nicht besiegt.

Man nennt sie beim Namen. Und wenn es geht, lacht man darüber.

Nicht aus Gleichgültigkeit. Sondern aus Erfahrung.

Denn wer gelernt hat, dass der Körper keine Rücksicht auf gesellschaftliche Tabus nimmt, der kann auch mit Würde sagen:

„Okay. Dann reden wir halt drüber."

Man wird nicht peinlicher mit den Jahren.

Man wird ehrlicher.

Direkter.

Und manchmal auch lustiger, weil man sich nicht mehr so wichtig nimmt.

Und vielleicht ist genau das ein Fortschritt, den man erst spät wirklich zu schätzen weiß.

Ehrlich

Der Körper hält sich nicht an
Tabus.

Warum sollten wir es dann
tun?

Humor hilft beim Verdauen.
In jeder Hinsicht.

Und manches Geld ist nicht
weg.

Es ist nur ... durch.

Alkohol & Unverträglichkeit – mithalten wollen

Früher ging das alles problemlos.

Man trank, lachte, ging schlafen – fertig.

Heute ist das anders. Nicht dramatisch. Aber nachhaltig.

Man weiß, dass der Körper inzwischen andere Pläne hat. Nicht sofort – sondern zeitversetzt. Mit Kopfschmerzen, Müdigkeit und einer klaren Botschaft am nächsten Tag.

Und trotzdem steht man auf der Feier da, schaut in die Runde und denkt:

Jetzt Wasser trinken wäre irgendwie ... auffällig.

Also trinkt man mit. Nicht aus Lust. Sondern aus Höflichkeit. Oder aus Gewohnheit. Oder weil man noch nicht bereit ist, sich selbst ernst zu nehmen.

Am nächsten Tag nimmt der Körper das sehr ernst.

Signale des Körpers

Manche Signale kommen spät.

Wir hören trotzdem nicht früher zu.

Herrmann-Logik:
Reifung ist kein Rückschritt

Früher wollte ich alles sofort.

Sofort klären. Sofort lösen. Sofort entscheiden. Sofort fertig sein.

Und wenn etwas nicht sofort ging, dachte ich automatisch:

„Dann stimmt was nicht."

Tja.

Dann kam der Herrmann.

Dieser Sauerteig, der dich mit seinem unscheinbaren Glasgesicht anschaut, als würde er sagen:

„Du kannst mich füttern – aber du kannst mich nicht hetzen."

Du kannst Herrmann nicht zur Reife zwingen. Du kannst ihn nicht motivieren. Du kannst ihn auch nicht „kurz mal" perfekt machen, weil du es eilig hast.

Herrmann hat seinen eigenen Plan.

Du fütterst ihn.

Du stellst ihn hin.

Du gehst weg.

Und während du dich mit deinem Leben beschäftigst, macht er … sein Ding. Und irgendwann, ganz ohne Drama, ist er plötzlich genau richtig.

Da hab ich verstanden:

Manches im Leben ist nicht langsam, weil es falsch ist.

Manches ist langsam, weil es reifen muss.

Und das ist ein Vorteil vom Älterwerden:

Man hat irgendwann nicht mehr den Reflex, alles zu zerdenken und tot zu schubsen.

Man kann Dinge auch einfach mal liegen lassen, ohne dass gleich die innere Alarmanlage losgeht.

Man wird nicht träge. Man wird klüger im Timing.

Und genau deshalb ist Reifung kein Rückschritt.

Es ist Herrmann-Logik.

Herrmann sagt uns

Ich muss nicht schneller
werden.

Ich muss nur geduldiger
reifen lassen.

Herrmann ist der Beweis:

Druck macht nichts besser –
nur klebriger.

Klettverschluss ist hart erarbeitetes Endlevel

Mein Mann möchte ab jetzt nur noch Schuhe mit Klettverschluss.

Ich hab ihn angeschaut, und noch bevor ich überhaupt nachdenken konnte, kam es aus mir raus:

„Jaja. So fängt man an bei den Kids – und so hört man auf im Alter."

Er saß da und wollte sich die Schuhe binden ... und bekam dabei einen hochroten Kopf. Ich hab ihn angeschaut und gefragt, ob er jetzt gleich platzt.

Und dann ist es passiert:

Wir hatten einen Lachflash.

So einen, bei dem man gar nicht mehr aufhören kann, weil es gleichzeitig so bescheuert und so wahr ist.

Diese Art Lachen, die nicht über jemanden lacht – sondern mit dem Leben. Und ganz ehrlich:

Schuhebinden ist manchmal schlimmer als ein ganzes Training.

Vor allem, wenn du dabei merkst, dass dein Körper plötzlich andere Prioritäten hat als dein Stolz.

Da saßen wir also:

ein Mann, der beim Binden fast in die Luft geht, und ich, die sich vor Lachen kaum noch hält.

Und genau das ist die eigentliche Botschaft:

Humor macht alles tragbarer.

Nicht, weil er Probleme wegzaubert, sondern weil er sie entkrampft. Weil er dir zeigt:

„Du bist nicht kaputt. Du bist nur in einem neuen Kapitel."

Als Kind ist Klettverschluss pure Freiheit. Du kannst losrennen, ohne erst eine Fortbildung in Schleifenphysik zu absolvieren.

Und irgendwann – viele Jahre später – kommst du wieder genau da an.

Nicht, weil du „alt" bist, sondern weil du plötzlich keine Lust mehr hast, dass dich ein Stück Schnur emotional herausfordert.

Und dann sagst du einfach:

„Ich spare meine Energie für die Dinge, die wirklich zählen."

Klettverschluss ist keine Kapitulation.

Klettverschluss ist eine Entscheidung.

Und wenn du mich fragst:

Das ist nicht Rückschritt.

Das ist Endlevel.

Das Alter nimmt dir nichts.

Es schenkt dir die Erlaubnis, es dir leichter zu machen.

Weiter mit Umwegen

Man kann neue Wege finden.

Umwege sind kein Scheitern.

Sie sind Erfahrung in Bewegung.

Gefällt dir diese Frage gerade ernsthaft?

Du machst am Handy oder am Rechner irgendwas ganz Normales. Nichts Wildes. Kein Drama. Einfach klicken, fertig.

Und plötzlich ploppt da so eine Frage auf:

„Gefällt dir diese …?"

Man starrt drauf. Liest nochmal. Und denkt:

Gefällt mir … was genau?

Man wollte doch nur kurz irgendwas bestätigen. Stattdessen fühlt es sich an, als würde einen ein Programm mitten im Alltag emotional abholen wollen.

Für drei Sekunden ist man raus. Wie aus dem Tritt gebracht von einer Frage, die größer tut, als sie ist.

Und dann dämmert's:

Das ist kein tiefes Gespräch.

Das ist nur ein Pop-up.

Ein Fensterchen, das so tut, als wäre es wichtig.

Man klickt irgendwas, weil man weiter will – nicht, weil man die Frage jetzt wirklich geklärt hat.

Und denkt beim Wegklicken:

„Also ehrlich … ich wollte nur weiter. Nicht mein Leben bewerten.“

Pop-Up-Frage

Man wollte nur kurz weiterklicken und bekam unnötiges Gedöns.

Das braucht wirklich kein Mensch.

„In meinem Alter …“

„In meinem Alter macht man das halt nicht mehr.“

„In meinem Alter kann man das nicht erwarten.“

„In meinem Alter ist das eben so.“

Dieser Satz klingt harmlos. Fast vernünftig. Und ist erstaunlich praktisch.

Denn mit „in meinem Alter“ kann man alles beenden:

Diskussionen.

Hoffnungen.

Neugier.

Manchmal sogar sich selbst.

Dabei ist der Satz selten eine Tatsache. Er ist eher ein Schutzschild. Ein sehr gut gemeintes.

Er schützt vor Enttäuschung. Vor Anstrengung. Vor dem Risiko, dass etwas vielleicht doch noch geht.

Und ja – manches geht wirklich nicht mehr wie früher. Das ist kein Geheimnis. Aber erstaunlich oft wird der Satz benutzt, bevor überhaupt geprüft wurde, was vielleicht anders gehen könnte.

„In meinem Alter …“ ist manchmal kein Ende, sondern ein vorzeitiger Abbruch.

Und das Gemeine daran ist:

Niemand widerspricht. Weil es ja „realistisch“ klingt.

Dabei ist Realismus nicht das Gleiche wie Selbstbegrenzung.

Vielleicht wäre eine ehrlichere Version manchmal:

„Darauf habe ich gerade keine Lust.“

Oder:

„Das traue ich mir im Moment nicht zu.“

Oder ganz schlicht:

„Heute nicht.“

Das lässt die Tür offen. Für morgen. Oder übermorgen. Oder für eine andere Form.

„In meinem Alter …“ muss kein Schlussstrich sein.

Es kann auch einfach eine Pause sein.

Ausrede

*„In meinem Alter …" ist oft
kein Fakt.*

Sondern ein Schutzschild.

Die selbstgenähte Zwangsjacke

Man hat Wünsche.

Ideen.

Gedanken, die eigentlich ziemlich klar sind.

Bevor man sie umsetzt, taucht zuverlässig die nächste Frage auf:

Was könnten die anderen dazu sagen?

Man geht mögliche Reaktionen durch. Sehr gründlich.

Und entscheidet sich am Ende für die sicherste Variante:

Lieber lassen.

Das fühlt sich vernünftig an. Reif. Und angenehm konfliktfrei.

Bis man merkt, dass man sich selbst dabei sehr ordentlich aussortiert hat.

Meinung von Außen

Manche Freiheit scheitert an perfekter Rücksicht.

Man kämpft nicht allein

Es gibt diesen stillen Irrtum, dass alle anderen ihr Leben irgendwie besser im Griff haben. Dass sie leichter durchkommen. Weniger zweifeln. Weniger schleppen.

Und dann trifft man sich, spricht ein bisschen ehrlicher und merkt:

Alle tragen etwas.

Unterschiedliche Päckchen.

Unterschiedlich schwer.

Unterschiedlich sichtbar.

Manche sieht man sofort. Andere erst, wenn jemand den Mut hat, darüber zu sprechen.

Und genau da passiert etwas Wichtiges:

Das Alleinsein wird leiser.

Nicht, weil die Probleme verschwinden, sondern weil man merkt:

Ich bin nicht komisch.

Ich bin nicht schwach.

Ich bin nicht die Einzige.

Austausch ist kein Jammern. Er ist Entlastung.

Und Hilfe holen ist kein Zeichen von Scheitern.

Es ist ein Zeichen dafür, dass man sich selbst
ernst nimmt.

Päckchen

Jeder trägt etwas.

Manches sieht man.

Manches nicht.

Vergleichen, ohne sich klein zu machen

Vergleichen passiert, ob man will oder nicht.

Man sieht andere und denkt:

„Die können das noch."

Oder: „Die haben es leichter."

Oder auch: „Zum Glück geht es mir da besser."

Der Unterschied liegt nicht im Vergleichen selbst, sondern darin, wohin der Blick geht.

Vergleichen kann klein machen. Oder dankbar.

Man kann sehen, was man verloren hat. Oder was noch da ist.

Beides stimmt oft gleichzeitig. Und es ist keine Schande, sich einzugestehen:

Ich kann manches nicht mehr. Aber ich kann anderes vielleicht besser. Oder ruhiger. Oder bewusster.

Das Positive sehen heißt nicht, das Schwierige zu leugnen. Es heißt nur, dass man nicht ausschließlich nach unten schaut.

Blickwinkel

Vergleichen kann drücken.

Oder tragen.

Der Blick entscheidet.

Andere Wege akzeptieren

Man kennt seinen Weg.

Arbeit.

Sicherheit.

Verantwortung.

Das hat funktioniert. Also gilt es als Maßstab.

Wenn jemand einen anderen Weg wählt, wirkt das erst mal unvernünftig.

Unsicher.

Vielleicht sogar ein bisschen weltfremd.

Man meint es gut und erklärt vorsorglich, warum das eigene Modell sich bewährt hat.

Erst später dämmert, dass Bewährung kein Gütesiegel für alle ist, sondern nur ein Erfahrungswert.

Wege

Erfahrung weiß viel.

Aber sie weiß nicht alles.

Einsam ist nicht gleich allein

Einsamkeit ist ein leises Gefühl.

Sie macht keinen Lärm.

Sie setzt sich einfach dazu.

Man kann von Menschen umgeben sein und sich trotzdem einsam fühlen.

Und man kann allein sein und sich trotzdem verbunden wissen.

Das macht die Sache so schwierig – und so menschlich.

Mit den Jahren verändert sich oft das Umfeld.

Menschen gehen.

Beziehungen wandeln sich.

Rollen lösen sich auf.

Kinder haben ihr eigenes Leben. Freunde ziehen weg oder werden stiller.

Manches, was früher selbstverständlich war, ist plötzlich nicht mehr da. Und dann kommt dieser Gedanke:

„Bin ich jetzt allein?“

Vielleicht ist die ehrlichere Frage manchmal
eine andere:

„Mit wem bin ich eigentlich noch wirklich
verbunden?“

Einsamkeit bedeutet nicht, dass man versagt
hat. Sie bedeutet oft nur, dass sich etwas
verändert hat und das Alte nicht mehr trägt.

Was hilft, ist selten Aktionismus. Nicht sofort
„mehr machen“, nicht sofort „funktionieren“.

Was hilft, ist Wahrnehmung. Zu merken:

Ich brauche gerade Nähe.

Oder Gespräch.

Oder einfach jemanden, der da ist – ohne
Lösungsvorschläge.

Und manchmal ist es schon ein großer Schritt,
sich das selbst einzugestehen.

Einsamkeit verliert an Schärfe, wenn man
aufhört, sie als Makel zu sehen, und anfängt, sie
als Signal zu verstehen.

Nicht als Vorwurf.

Sondern als Einladung.

Nähe

Einsamkeit heißt nicht, dass niemand da ist.

Manchmal heißt es nur, dass man sich zeigen möchte.

Loslassen ist keine Abwertung

Loslassen klingt oft größer, als es sich anfühlt.

Man stellt sich Abschiede vor.

Oder endgültige Schnitte.

Oder dieses kalte Gefühl von „nicht mehr gebraucht werden".

Dabei ist Loslassen meistens viel leiser.

Es passiert, wenn Kinder ihr eigenes Leben leben.

Wenn Nähe sich verändert.

Wenn Rollen, die einmal wichtig waren, nicht mehr gebraucht werden.

Und ja – das kann Angst machen. Die Angst, weniger wichtig zu sein. Die Angst, den Platz zu verlieren. Die Angst, dass Liebe weniger wird, wenn sie nicht mehr täglich bestätigt wird.

Aber Liebe funktioniert nicht wie Besitz.

Sie wird nicht kleiner, nur weil sie weiterzieht. Manchmal wird sie sogar größer, wenn man aufhört, sie festzuhalten.

Loslassen heißt nicht, dass man egal wird.

Es heißt, dass man vertraut.

Vertraut darauf, dass jeder seinen eigenen Weg finden darf.

Und dass Nähe nicht verschwindet, nur weil sie anders aussieht.

Vielleicht ist das eine der anspruchsvollsten Aufgaben im Älterwerden:

nicht festzuhalten, wo man früher gehalten hat.

Und trotzdem da zu sein.

Offen.

Wohlwollend.

Ohne Forderung.

Das ist kein Rückzug.

Das ist Reife.

Vertrauen

Liebe braucht Nähe.

Aber sie braucht auch Raum.

*Beides darf gleichzeitig
existieren.*

Süßigkeiten & das pädagogische Untergraben

Man will es richtig machen.

Richtig richtig.

Man achtet auf Zucker, auf Gewohnheiten, auf Spätfolgen, die irgendwo zwischen Schokoriegel und Erwachsenenleben lauern könnten.

Man ist konsequent. Vorbildlich sogar. Mit den Stimmen der eigenen Eltern im Ohr, die erklären, dass man aufpassen müsse.

Also passt man auf. Sehr.

Jahre später sitzt man entspannt zusammen, und ein inzwischen größeres Kind erwähnt beiläufig:

„Ach, bei Oma und Opa gab's immer Süßigkeiten."

Immer ist kein beiläufiges Wort.

Es wird überprüft. Bestätigt. Mit einer Selbstverständlichkeit, die keine Fragen offenlässt.

Auf Nachfrage kommt die Erklärung ohne Zögern:

Bei Enkeln mache man vieles anders. Und wenn sie da seien, dürften sie das eben.

Man nickt und merkt, dass Erziehungsprinzipien offenbar mit dem Geburtsdatum der Kinder ihre Gültigkeit ändern.

Und dass es erstaunlich schwer ist, konsequent zu bleiben, wenn jemand im Hintergrund großzügig gegenarbeitet.

Richtig oder doch nicht?

„Richtig" ist manchmal nur das, was zur Rolle passt.

Eltern sind konsequent.

Großeltern sind großzügig.

Kinder merken sich die Öffnungszeiten.

Akzeptanz ist kein Aufgeben

Akzeptanz hat ein Imageproblem.

Viele verwechseln sie mit Resignation.

Mit „Dann ist es halt so.“

Mit Schultern zucken.

Mit innerem Rückzug.

Dabei ist Akzeptanz etwas ganz anderes.

Akzeptanz heißt nicht, dass man etwas gut findet. Sie heißt nur, dass man aufhört, gegen die Realität zu kämpfen.

Man kann traurig sein und trotzdem akzeptieren.

Man kann wütend sein und trotzdem anerkennen, dass etwas gerade ist, wie es ist.

Akzeptanz ist der Moment, in dem man die Energie, die man vorher ins Dagegensein gesteckt hat, wieder für sich selbst zur Verfügung hat.

Nicht, um alles schönzureden, sondern um weiterzugehen.

Denn erst, wenn man aufhört zu sagen:

„So dürfte es nicht sein", entsteht Raum für die Frage:

„Was brauche ich jetzt?"

Akzeptanz ist kein Ende.

Sie ist ein Anfang ohne Widerstand.

Realität

Akzeptanz heißt nicht, dass man etwas gut findet.

Nur, dass man aufhört, sich daran aufzureiben.

Milde ist, wenn man sich selbst nicht mehr anschreit

Früher war man oft streng mit sich. Sehr streng.

Man hat sich innerlich angeschnauzt, wenn etwas nicht geklappt hat.

Hat sich angetrieben, sich verglichen, sich zusammengefasst.

Irgendwann merkt man:

Das kostet mehr Kraft, als es bringt.

Milde ist nicht Nachlässigkeit.

Milde ist Erfahrung.

Milde ist der Moment, in dem man merkt:

„Ich muss mich nicht mehr erziehen."

Wenn etwas schiefgeht, sagt man nicht mehr:

„Wie blöd kann man sein?"

Sondern eher:

„Aha. Wieder so ein Tag."

Man lernt, sich selbst zuzuhören, statt sich zu korrigieren.

Und erstaunlicherweise funktioniert danach vieles besser.

Nicht schneller.

Aber entspannter.

Vielleicht ist Milde das, was man sich früher gewünscht hätte und sich jetzt endlich selbst gibt.

Milde

*Man darf freundlich mit sich
sein.*

*Man lebt ja noch eine Weile
mit sich zusammen.*

Die Rolle, die du für dein Gesicht hältst

Man sagt ja gern:

„Im Alter wird man gelassener. Im Alter ist man mehr man selbst."

Schöne Geschichte. Manchmal stimmt sie. Oft nicht.

Oft passiert etwas anderes:

Rollen werden hart.

Nicht, weil Menschen böse werden – sondern weil Routine sich wie Identität anfühlt.

Je länger du etwas tust, desto eher glaubst du:

Das bin ich.

Der Versorger.

Die Starke.

Der Unabhängige.

Die Vernünftige.

Der, der nichts braucht.

Die, die immer funktioniert.

Das sind nicht einfach Marotten. Das sind Überlebenssysteme.

Und sie sind so gut trainiert, dass man sie für Charakter hält.

Genau deshalb trifft mich diese Szene aus dem Video so:

Diese Menschen laufen da in ihrem öffentlichen Modus. Alles sitzt. Alles geregelt. Alles „normal".

Und dann – ein Blick, eine Person, ein Wiedererkennen – und plötzlich fällt etwas ab, was vorher wie festgewachsen wirkte.

Nicht, weil jemand sie „besser macht".

Sondern weil jemand sie sicher macht.

Und dann denke ich:

Vielleicht ist das der Quatsch, für den man nie zu alt ist.

Diese Idee, dass wir immer nur die Rolle sind. Dass wir immer nur funktionieren müssen. Dass wir uns selbst verwalten, statt zu leben.

Vielleicht ist Reife nicht:

„Ich habe mich im Griff."

Vielleicht ist Reife:

„Ich weiß, wann ich spiele – und ich finde Wege zurück.“

Zurück in einen Blick, der weich werden darf.

Zurück in ein Lachen, das nicht erklärt werden muss.

Zurück in einen Körper, der nicht ständig Spannung trägt, nur um in der Welt bestehen zu können.

Und wenn du ganz ehrlich bist:

Manche Menschen werden nicht authentischer im Alter. Sie werden nur professioneller im Funktionieren.

Authentisch wird man nicht automatisch.

Authentisch wird man, wenn man sich wieder daran erinnert, wie man sich ohne Maske anfühlt.

Das ist kein Jugendding.

Das ist kein Romantikding.

Das ist ein Menschending.

Und manchmal reicht dafür ein Moment, in dem du jemanden siehst – und dein ganzes System sagt:

Da.

Zuhause.

Die Rolle

Routine fühlt sich irgendwann
wie Identität an.

Doch nicht jede Stärke ist dein
Wesen.

Manchmal braucht es nur
einen sicheren Blick,

und etwas fällt ab, das nie
dein Gesicht war.

Bald brauchen wir wieder Windeln

Ich habe geträumt, ich hätte in die Hose gemacht.

Nicht subtil.

Nicht metaphorisch.

Sondern sehr konkret.

Im Traum war das ein kompletter Kontrollverlust-Moment. Dieses innere „Oh nein" breitet sich aus, und man weiß sofort:

Das ist jetzt unangenehm.

Und wie es bei solchen Träumen ist, wacht man halb auf. Noch nicht ganz im Hier und Jetzt. Aber genug, um zu denken:

Bitte nicht wirklich.

Man tastet vorsichtig das Bett ab. Langsam. Systematisch.

Mit der Ernsthaftigkeit eines Menschen, der gerade seine Würde überprüft.

Erleichterung. Alles trocken. Die Welt ist in Ordnung.

Am Morgen erzähle ich meinem Mann davon. Ganz sachlich.

„Ich hab geträumt, ich hätte in die Hose gemacht."

Er hört zu.

Und dann sage ich – völlig nüchtern und mit einem Schmunzeln:

„Bald brauchen wir wieder Windeln."

Ich meinte das nicht dramatisch. Eher als nüchterne Beobachtung des Lebenszyklus.

Man fängt damit an. Man hört vielleicht irgendwann wieder damit auf.

Er hingegen reagiert sofort etwas geschockt.

„Halt mal den Ball flach. Mach mal langsam."

In seinem Gesicht steht:

Wir sind doch noch nicht so weit. Wir sind noch stabil. Kein Pflegegrad heute.

Ich hingegen war schon in dieser ruhigen Zukunfts-Ironie.

Nicht panisch. Nicht traurig. Einfach realistisch mit einem Augenzwinkern.

Denn wenn man ehrlich ist, schließt sich der Kreis irgendwann.

Erst Windeln. Dann Selbstständigkeit. Und irgendwann vielleicht wieder Windeln.

Kosmos im Fleischanzug.

Der Körper meldet sich nachts mit einem Testlauf.

Das Gehirn macht ein Drama draus.

Und am Ende sitzt man morgens am Frühstückstisch und diskutiert den biologischen Lebensbogen.

Das Bett war trocken.

Die Beziehung stabil.

Und wir wissen jetzt immerhin:

Der Körper hat ein sehr effektives Wecksystem.

Und mein Mann möchte bitte noch keine vorsorglichen Vorräte im Badezimmer sehen.

Kontrollverlust

Kosmos im Fleischanzug mit
eingebautem Wecksystem.

Nachts Kontrollverlust im
Probeformat.

Morgens Matratzen-
Inspektion mit
Ernsthaftigkeit.

Noch stabil. Noch
selbstständig.

Humor weiterhin vorhanden.

Der Kreis schließt sich

Manchmal fühlt sich das Älterwerden an, als würde sich der Kreis schließen.

Man wird wieder langsamer.

Man braucht wieder mehr Hilfe.

Manchmal ist man wieder hilfloser.

Und ja – das kann weh tun.

Und trotzdem ist da etwas, das viele erst sehr spät begreifen:

Es ist ein Glück, den ganzen Zyklus erleben zu dürfen. Nicht, weil alles schön ist, sondern weil es bedeutet:

Ich bin noch da.

Viele bekommen diese Chance nicht.

Sie werden mittendrin aus ihrem Leben gerissen – ohne Abschluss, ohne leises Nachreifen. Und das macht den Blick weich:

Nicht alles muss sich gut anfühlen, um echt zu sein.

Jede Phase fordert uns auf, sie anzunehmen.

Nicht als Belohnung.

Nicht als „Sinn".

Sondern als Möglichkeit, innerlich noch einmal weiter zu werden.

Der Kreis schließt sich.

Und manchmal liegt genau darin eine stille Würde.

Wir kreiseln weiter

Manche Dinge kommen wieder.

Nicht als Ende – eher als:

„Ah, kenn ich."

Und dann geht's weiter – mit mehr Erfahrung und weniger Drama.

Was ich heute einfach lasse

Es gibt Dinge, die habe ich früher sehr ernst genommen. Zu ernst.

Diskussionen, bei denen niemand zugehört hat.

Meinungen, die niemand ändern wollte.

Erklärungen, die sowieso niemand gebraucht hat.

Heute lasse ich das.

Ich lasse Diskussionen, bei denen es nur ums Gewinnen geht.

Ich lasse Recht-haben-Wollen, wenn es mehr Energie kostet, als es bringt.

Ich lasse Menschen, die mich permanent korrigieren möchten, aber selbst nie zuhören.

Ich lasse Perfektion.

Die war sowieso nie erreichbar und hat mir erstaunlich wenig Freude gemacht.

Und ich lasse vor allem eines:

mich selbst dafür klein machen, dass ich Dinge anders mache als früher.

Ich gehe langsamer.

Ich plane großzügiger.

Ich nehme Pausen ernst.

Und manchmal nehme ich mich selbst nicht mehr ganz so wichtig.

Das ist kein Rückzug.

Das ist Auswahl – und Auswahl ist Luxus.

Auswahl

Man kann nicht alles halten.

Aber man darf wählen, was man trägt.

Ich nehme den Aufzug

Früher hätte ich die Treppe genommen.

Nicht, weil sie schöner ist, sondern weil man das halt so macht.

Heute stehe ich vor der Wahl:

Treppe oder Aufzug.

Und ich denke: „Aufzug.“

Nicht aus Faulheit. Nicht aus Trotz.

Sondern weil mein Knie heute anderer Meinung ist als mein Ehrgeiz.

Und das ist neu:

Ich diskutiere nicht mehr.

Ich erkläre mich nicht.

Ich nehme den Aufzug.

Es fühlt sich nicht an wie Aufgeben. Es fühlt sich an wie Abstimmung.

Mit mir.

Manchmal braucht der Körper einen Umweg. Und manchmal ist der Umweg einfach die bessere Route.

Weg leichter machen

Ich nehme den Aufzug.

Nicht aus Bequemlichkeit.

Aus Erfahrung.

Ich mache Pause

Es gibt Tage, da läuft alles.

Und Tage, da läuft gar nichts.

Früher hätte ich mich durchgebissen. Zähne zusammen, weiter, los.

Heute merke ich schneller:

„Ich mache jetzt Pause."

Nicht, weil ich nicht kann. Sondern weil ich es kann.

Pause ist kein Stillstand.

Pause ist Wartung.

Und Wartung sorgt dafür, dass man danach weiterkommt.

Pause

Ich mache Pause.

Nicht, weil ich aufgebe.

Weil Leben Wartung braucht.

Kleine Erkenntnis (ohne großes Tamtam)

Umwege und Pausen sind
kein Scheitern.

Sie sind Anpassung mit
Erfahrung.

Man muss nicht alles schaffen.

Man darf auch klug
auswählen.

Wir spielen jetzt einfach mal

Man sitzt am Tisch. Ein Spiel liegt bereit. Die Anleitung wird gelesen.

Einmal.

Zweimal.

Und dann sagt jemand vorsichtig:

„Ähm ... versteht das irgendwer?"

Alle schauen sich an. Niemand sagt etwas. Das Schweigen wird verdächtig.

Und irgendwann wird klar:

Nein.

Niemand versteht es. Nicht so richtig. Nicht überzeugend genug, um zu erklären, wie das jetzt eigentlich gehen soll.

Und genau da wird es interessant.

Man legt Karten. Man würfelt. Man erfindet Regeln, die sich gerade logisch anfühlen. Man passt sie unterwegs an. Man diskutiert kurz – und lacht dann darüber.

Irgendwann weiß niemand mehr, was ursprünglich vorgesehen war und was man sich spontan ausgedacht hat.

Aber alle sind drin.

Alle spielen.

Und alle haben Spaß.

Manchmal ist das Chaos nicht das Problem, sondern die Lösung.

Und ganz ehrlich:

Diese Version des Spiels ist oft witziger und lebendiger als das, was die Anleitung jemals versprochen hat.

Spielregeln

Wenn niemand die Anleitung versteht, erfinden alle gemeinsam neue Regeln.

Und plötzlich macht das Leben mehr Spaß.

Flügel unter dem Tuch

Wenn Babys schlafen, werden sie oft gewickelt. Das Tuch liegt eng an ihrem Körper, hält die Arme nah bei sich, begrenzt die Bewegung.

Es sieht aus wie Einschränkung. Aber es ist Sicherheit.

Enge bedeutet Geborgenheit.

Begrenzung bedeutet Halt.

Der kleine Körper kennt das. Er erinnert sich an den Raum, aus dem er kam.

Und dann wird das Tuch geöffnet. Langsam. Behutsam.

Und plötzlich geschieht etwas, das jedes Mal berührt:

Die Arme heben sich.

Die Finger spreizen sich.

Der ganze Körper streckt sich in die Welt hinein.

Es sieht aus, als würde ein kleiner Engel seine Flügel ausbreiten. Kein Zögern. Kein Nachdenken. Kein „Darf ich?"

Nur Bewegung.

Nur Ausdehnung.

Nur Sein.

Vielleicht tragen wir dieses Bild alle in uns. Das Wissen, wie es sich anfühlt, gehalten zu sein – und das Wissen, wie es sich anfühlt, sich auszubreiten.

Der Schutz ist nicht der Feind. Er ist Vorbereitung. Aber er ist nicht das Ziel.

Irgendwann kommt der Moment, in dem wir die Arme heben dürfen. In dem wir uns strecken, ohne uns zu erklären. In dem wir Raum einnehmen, ohne uns zu rechtfertigen.

Vielleicht ist Reife nicht, keine Rüstung zu brauchen.

Vielleicht ist Reife, zu wissen, wann man sie öffnet.

Wir alle waren einmal Wesen mit unsichtbaren Flügeln.

Und manchmal reicht ein sicherer Moment, damit sie sich wieder erinnern.

Öffnung

*Was wie Begrenzung aussieht,
war einmal Geborgenheit.*

*Schutz ist kein Käfig, sondern
Vorbereitung.*

*Reife heißt nicht, ohne Hülle
zu leben.*

*Reife heißt zu wissen, wann
man sie öffnet.*

Das Alter spinnt?

Manchmal spinnt nicht das Leben.

Nicht die Technik.

Nicht mal die Welt.

Manchmal spinnt einfach das Alter.

Es vergisst Dinge, verdreht Abläufe und meldet sich gern ungefragt zu Wort.

Aber es spinnt nicht bösartig.

Eher ... kreativ.

Es mischt Erfahrung mit Müdigkeit.

Weisheit mit Verpeiltheit.

Und baut daraus Situationen, über die man früher den Kopf geschüttelt und heute herzlich gelacht hätte.

Vielleicht spinnt das Alter nicht gegen uns. Vielleicht spinnt es mit uns.

Und ganz ehrlich:

Wenn man darüber noch lachen kann, läuft da vieles erstaunlich richtig.

Das Alter spinnt

Manchmal spinnt das Alter.

*Aber es meint es nicht
persönlich.*

*Es testet nur, ob man noch
lachen kann.*

Zu alt für Quatsch?

Die ehrliche Antwort ist: Kommt drauf an.

Zu alt für Drama? Ja.

Zu alt für unnötigen Stress? Hoffentlich.

Zu alt für Quatsch? Ganz sicher nicht.

Vielleicht ist Quatsch sogar das, was man sich am längsten bewahren sollte. Nicht als Flucht, sondern als Erinnerung daran, dass das Leben nicht gegen uns arbeitet.

Es stolpert manchmal. Es knarzt. Es fragt dumme Fragen. Und drückt gelegentlich den falschen Knopf.

Und wir? Wir lachen. Schütteln den Kopf. Machen weiter.

Mit Umwegen.

Mit Milde.

Mit Humor.

Und falls jemand fragt, ob man dafür nicht langsam zu alt ist:

Quatsch.

Man wird älter.

Aber man wird nicht
humorlos.

Das wäre wirklich schade.